ZON

FAVELA

EU SOU

paula anacaona (org.)

joão anzanello carrascoza
rodrigo ciríaco
sacolinha
alessandro buzo
marcelino freire
marçal aquino
victoria saramago
ferréz
ronaldo bressane

no morro **joão anzanello carrascoza** 9
um novo brinquedo **rodrigo ciríaco** 19
o aluno que só queria cabular uma aula **sacolinha** 29
tentação **alessandro buzo** 37
polícia ladrão **marcelino freire** 43
balaio **marçal aquino** 49
maco desce o morro **victoria saramago** 59
coração de mãe **ferréz** 67
nervos **ronaldo bressane** 73

apresentação

Acreditar na favela como um lugar sem futuro é uma máxima que vem perdendo o seu significado. Resultado de uma profunda ruptura, a cultura da favela floresce sobre as suas ruínas, fala e ataca forte o diálogo.

Quem sou eu? Paula Anacaona, francesa, coração partido entre a França e o Brasil. Montei a minha editora, *les éditions Anacaona*, em 2009, em Paris. Sou a única editora na França a publicar exclusivamente traduções de literatura brasileira - minha paixão... E comecei a minha aventura literária com a literatura marginal. Outra paixão: essa associação de diálogos de rua, essa mistura de escrita romanesca, informativa e emocional, essa construção amadurecida e refletida que não deixa nada ao acaso...

Decidei publicar *Je suis favela* (Eu sou favela), pela vontade de reconectar a cultura urbana com a literatura. Reencontrar os jovens leitores da rua. *Je suis favela* foi lançado na França, pela primeira vez, em 2011, com uma seleção de contos "do morro e do asfalto" que me parecia pertinente para entender a favela dos anos 2010.

Esses contos selecionados em torno de um tema específico - a favela - era incomum na França. "Ademais, os Franceses não gostam de contos" dizem. Ah é? Não acreditei. Para mim, o conto é a literatura mais moderna que existe – corresponde perfeitamente ao nosso modo de vida atual, nós, megalopolitanos apressados que lemos no metrô, da geração do *zapping*.

Prova que não se deve (sempre) escutar os "conselhos do mercado", o livro está quase esgotado na França, fizemos um segundo volume, em 2014, *Je suis toujours favela* (Eu sou sempre favela); e, agora, chega ao público essa linda edição brasileira da Editora Nós. Este é, portanto, um livro de contos brasileiros, originalmente publicado na França, e que volta ao Brasil... O círculo está fechado!

A minha ideia, quando fiz a seleção de contos, era imaginá-los como curta-metragens literárias. Mostrar a favela a partir de uma perspectiva inédita. Alternadamente realistas, irônicas ou desesperadas, essas histórias retratam seu quotidiano.

Nove autores:
Como demônios, eles saem de sua caixa. Seus escritos são suspeitas assustadoras: defesa, chamada, fábula, inspiração, conto, apóstrofe... e os mantêm na aura do testemunho cru.

Engajados, dissidentes, confirmados ou novatos, pioneiros da literatura marginal: a palavra lhes é dada. O microfone ao cara confuso, a caneta ao sobrevivente. O vocabulário utilizado aqui não é elegante nem inquietante. Sentir a temperatura, sempre se queimar, eis o quadro.

Pensei na organização como num livro em três partes, tratando da infância, da violência e da sobrevivência.

As crianças são assim: No desenho de um menino, um barraco e sua mãe. Por enquanto o seu mundo para aí. Azul e marrom. Tranquilos. O vermelho, as lágrimas e os grandes traços negros, isso será para os outros, aqueles que sobreviveram. Sobre a redação de uma adolescente, a sentença: "Eu quero matar meu padrasto".

Uma bala só: A isca da grana ou somente o desejo de sucesso levam, às vezes, ao mesmo lugar. A inocência está atrás, o fim próximo. De cima para baixo da pirâmide, nem justiça nem moral. Quando as armas pesadas acertam suas contas, para-se de respirar.

Eu sou a sobrevivência: Afastados, rejeitados, banidos. Quem são esses homens e essas mulheres com o estômago negado e a existência desdenhada? Em busca de um uniforme, de uma profissão, de um equilíbrio. Cada figura revela o pouco ou o nada a fazer. Viver favela é sobreviver. Eles são favela mas não são mudos. Precisavam de alto-falantes, este livro é.

Na versão francesa, tem uma parte documentária com artigos que revelam as causas do aparecimento de dois mundos. O objetivo era, depois da imersão, fazer a análise. Não nos pareceu pertinente publicar essa parte no Brasil, já que o leitor brasileiro tem acesso a esses dados. No entanto, o público interessado achará as informações no site da Anacaona [www.anacaona.fr].

apresentação

no morro

joão anzanello carrascoza

O MENINO VOLTOU CORRENDO, ARFANTE, COM O COAdor de café que a mãe pedira para ele comprar. O barraco, distante da avenida onde se situava a única venda que abastecia a favela, equilibrava-se no alto do morro entre dezenas de outros iguais, cortados pelas ruelas que se entrecruzavam, como as linhas de suas mãos. Retirou a folha de zinco que servia como porta, entrou e recolocou-a no lugar. Usava uma camiseta cheia de furos, uns chinelos de borracha estropiados e uma bermuda larga, que deixava-lhe à mostra os ossos da bacia, embora tivesse passado pelas presilhas um barbante, à guisa de cinta, e o amarrasse para segurá-la.

    Entregou o coador à mãe debruçada ao fogão, despejou o troco na mesa tosca, tirou a camisa, pendurou-a num prego da parede e deitou-se no colchão a um canto, único conforto que ali lhe cabia. Abraçou-se à bola de futebol, murcha, que um dia achara no lixão. Descansou um instante, observando a mãe de costas a cozinhar, quieta; e, acima de sua cabeça, a abertura na parede que servia de janela, pela qual podia ver o Sol flutuando no céu, como uma gema de ovo. O verão iluminava as águas da baía lá fora; enquanto ali dentro o calor sufocava e o suor lhe manava da face. Gostava de vê-la, mãe, vivendo silenciosamente a sua vida diante dele, sem gritos e resmungos, assim como ele à frente dela. E tanta era a força de seu olhar, que a mulher sentiu como se lhe ardesse uma brasa na nuca e virou-se, desconfiada de que os anos a tivessem iludido e, ao girar, de repente, encontrasse não seu menino, e sim um homem, quase a bater a cabeça no teto, o homem que ele seria um dia, não a criança que agora era – e, imperceptivelmente, a usina de seu corpo o gerava.

– O que você está olhando? – perguntou ela.

– Nada – ele respondeu.

A mãe o examinou como quem descasca uma cebola, tirando as películas que escondem o seu miolo sadio e, se o filho se enternecia vendo-a pelas costas – esperando que se virasse e lhe revelasse um sorriso de cumplicidade –, a mãe podia detectar o que ainda era semente nele, o que raiz, e reconhecê-lo pelo avesso, folha que se soltara de seu corpo, como a pena caída ainda o é do pássaro.

Uma brisa entrava pela fresta da parede e refrescava a face afogueada do menino, o cheiro do café serpeava no ar até se enfiar em suas narinas atrás de um outro, atávico.

– Cansou? – perguntou ela.

– Cansei – respondeu ele.

– Por que voltou correndo?

O menino não respondeu, ao menos com a voz, o corpo o fez com um mover de ombros, e ele fechou os olhos, o coração golpeando o peito, como uma flor que põe todas suas forças no ato de se abrir. Assim são as crianças, pensou ela, como outras mães, correm para que logo nada tenham a fazer. Bom quando tinha a idade do filho, não sabia que haveria de passar a vida a fazer tantas coisas às pressas, e todas a dar em nada, que nada era aquele viver, só suportável por ter os olhos dele envolvendo-a em silêncio – grãos únicos de luz na nuvem de poeira que era.

– Então vê se descansa – ela disse, o pano de prato entre as mãos, já se voltando para o fogão.

Às vezes, pedia ao menino para escolher o arroz, enquanto cuidava de fazer o milagre do dia – encontrar no meio dos poucos víveres o que fazer para lhes matar a fome –, e ele a ajudava, catando os marinheiros, as pedrinhas, as cascas secas, descobrindo, inesperadamente, um jeito de esquecer das coisas com as quais sonhava e nunca lhe chegavam às mãos.

Agora, imóvel, ele ouvia os sons que nasciam da favela, o tilintar de uma caneca, o chiar de um rádio, o vozerio das mulheres que passavam lá fora com latas de água na cabeça, e os separava como as sujeiras do arroz, atento para não perder nenhum, compondo com aqueles ruídos sua percepção momentânea do mundo. Lembrou-se da caixinha de lápis de cor e do caderno que ganhara das mulheres que, vez por outra, vinham ao morro distribuir entre as famílias umas cestas de comida, uns brinquedos, uns remédios. Levantou-se, abrupto, atendendo ao chamado urgente de seus sentidos, ergueu o colchão e pegou debaixo dele a caixinha de lápis e o caderno amassado, uns cantos roídos pelos ratos, umas folhas ainda em branco.

– Vou desenhar lá fora.

A mãe virou-se, um minuto atrás ele parecia se entregar ao sono e, agora, estava de pé, de forma que ela ficou confusa, como se tivesse passado muitas horas entre seu movimento de retornar ao fogão, dando as costas ao filho, e esse revê-lo outro, serelépido, a ponto de pensar que ela mesma é quem dormira de pé, e ele, com sua presença sólida, a acordara.

– Tudo bem – disse ela. – Lá fora está mais fresco.

Ele removeu a folha de zinco, saiu para o beco e, quando ia recolocá-la no lugar, ouviu a mãe dizer, em parte para tê-lo à mão, em parte para arejar a casa:

– Pode deixar aberta.

À entrada do barraco, havia uma saliência no chão para impedir que a água da chuva arrastasse barro para dentro. Ali o menino sempre se punha a ver a baía brilhando ao Sol lá longe, o vaivém das gentes, subindo e descendo o morro, a noite aterrissando sobre todas as coisas, as luzes da favela acendendo aos poucos, aqui, ali, lá embaixo.

Sentou-se, abriu o caderno, pegou uns lápis da caixinha e se pôs a desenhar. O calor atordoava, mas o vento circulava pelas ruas do beco e vinha dar naquela ruela, onde ele colhia mais uma tarde de sua vida. E era vento tão vigoroso, que entrou sem cerimônia no barraco,

joão anzanello carrascoza

derrubou umas ripas de madeira e chegou até a mãe diante do fogão. Ela sentiu com gratidão aquele frescor e girou o corpo como se pudesse ver o vento, como se ele fosse um conhecido que ali chegasse para saudá-la, mas se não o viu, invisível que era, o visível agarrou-se aos seus olhos como um imã: emoldurado pelo retângulo da porta, estava seu menino, de costas, a cabeça baixa, a nuca semicoberta pelos cabelos, as espáduas magras, os cotovelos dobrados, a bermuda abaixo da cintura, revelando o rego das nádegas. Comoveu-se ao vê-lo daquele ângulo, que realçava ainda mais a sua fragilidade. A ele não tinha nada a oferecer senão a sua muda resignação, a comida que nem sempre conseguia comprar com os caraminguás das esmolas, a vida sem esperança. Às vezes, em desespero, tinha desejos de se atirar à frente dos ônibus que passavam velozes na avenida beira-mar, mas um fiapo de sonho a impedia, e lá estava ele, inconsciente de sua força, sem saber que, à semelhança de um prendedor no varal, segurava a existência dela como uma roupa seca.

Em traços grotescos, o menino desenhou um barraco com uma antena de TV, o Sol e umas nuvens acima dele; abaixo uma meia-lua de praia. E logo, sem hesitar, uma criança com sua bola de futebol e uma mulher, como se suas mãos só soubessem dar a vida àquelas figuras. Em seguida, começou a pintar, escolhendo as cores com atenção, que o azul do céu não era o mesmo do mar, o marrom do barraco distinto do marrom dos cabelos da mãe. Preenchia os espaços brancos, ouvindo o som do lápis em atrito com o papel, mordia os lábios, punha a língua de fora, girava a cabeça para avaliar o resultado, falava consigo mesmo, como se explicando a alguém as suas escolhas. Então escutou o rumor que vinha lá dos lados da venda. Um burburinho distante e o som de vidros se estilhaçando.

Um novo estampido e ele ergueu a cabeça, observou as ruelas de terra coleando pelo morro; e como nada via, só a enganadora solidez dos barracos, encompridou os olhos para a baía que se estendia, ondulante, lá embaixo. Soaram outros estampidos, e logo novas saraivadas. Na certa, era alguém soltando foguetes. Gostava quando os homens comemoravam a vitória de seus times de futebol: de repente, irrompia o foguetório, os morteiros subiam ao céu, puxando um rastro de fumaça, e explodiam, ensurdecedores. E lá vinham outros, e outros, e outros. Mas esses deviam ser foguetes diferentes, não havia fumaça, o ar continuava inviolado, vibrando de doer a vista. A mãe, junto ao fogão, nada ouvia senão o chiar das cebolas dourando no fundo da panela. Os estampidos ao longe cessaram. Ecoaram em seguida uns gritos, e o estrondo de um tropel que se aproximava. Podia ser a turma da escola de samba que vinha à noite ensaiar, mas era cedo demais, o sol ainda esplendia às alturas. Lápis na mão, o menino queria

joão anzanello carrascoza

continuar a colorir seu desenho, de volta à sua vida, mas os estampidos recomeçaram e a eles agarravam-se uns gritos que vinham rumo aos barracos mais altos.

De súbito, uns rapazes passaram correndo pelo beco, em fuga; o menino sequer pode ver quem eram, e já no encalço lhes seguiam uns policiais armados, aos gritos.

– Pega, pega!

O menino ouviu outros estampidos. E, antes que os policiais sumissem morro acima, sentiu algo lhe beliscar o peito. Encostou-se na parede de madeira do barraco, inesperadamente fraco, uma estranha queimação nas costas. O caderno lhe escapou da mão e caiu sobre o peito. De um instante para o outro, os olhos lhe pesavam, estava com sono, cansado de ter corrido até a venda, o estômago rumorejando de fome. A boca começou a lhe saber à ferrugem. O peito ardia, e ele suava, suava tanto que o corpo se ensopara. As vistas se escureciam; mas ainda há pouco era tarde, o sol fulgurava, como a noite chegara tão depressa? O que estava acontecendo? Um vulto se inclinou sobre ele, não conseguia distinguir seu rosto, mas sabia: era a mãe. E ela o abraçava com força, podia sentir suas costelas magras e sua boca de café. Ouviu umas vozes longínquas, um bulício, e experimentou uma sensação de torpor, de tristeza, de solidão. Queria dormir, mas não lhe deixavam. As costas doíam, os braços e as pernas pesavam como pedras.

Começou a tremer. Tentou dizer à mãe que sentia frio, mas não lhe saíam palavras. Parecia que ela o embalava no colo e o levava para dormir no colchão. Onde estava a bola? Queria pegá-la, mas faltava-lhe força. Abriu a mão, o lápis de cor caiu na terra. Ouviu outro estampido, remoto. Depois, o zunir do vento, desfolhando as páginas brancas de seu caderno, tingidas do mais vivo vermelho.

joão anzanello carrascoza

um
novo
brinquedo

**rodrigo
ciríaco**

GIGANTE TEM 11 ANOS. ESTÁ NO SEXTO ANO DO ENSINO fundamental. Quando soube que ia passar a estudar de manhã na sua escola, ficou preocupado. Afinal, apesar de estudar com o gêmeo, Gigante é bem diferente do irmão. Foi o segundo a nascer. E devido a algumas complicações no parto, ficou com um problema no seu desenvolvimento. Tem a estatura de um anão de jardim, ou um pouco menor, o que é motivo de zoeira, chacotas e muitas tretas na escola. Tretas porque ele não leva desaforo pra casa e, você sabe, os "grande" gostam de zoar com os pequenos. Na lei da selva é assim. E agora ia dividir território com a galera do Ensino Médio, uns caras bem maiores, folgados, alguns com maldade. Mas Gigante não se intimida, ele pensa: "tamanho não é documento."

Hoje ele estava feliz. Conseguiu enrolar a mãe antes dela sair para o trabalho e ficar "só" mais cinco minutinhos na cama. O irmão foi mais cedo, naquele junho de vento gelado e frio cortante. Ele ficou, atrasando o soneca do despertador do celular uma, duas, três vezes. O quanto pôde. Até que o telefone tocou.

– Hum?

– Eu não acredito que você ainda não levantou, Brayan.

– Hã?

– Brayan, levanta já dessa cama e vai pra escola.

Quando a mãe desligou o telefone brava, Gigante deu um pulo da cama que o chão quase tremeu. Olhou o relógio: eram cinco pra sete da matina, realmente estava atrasado. E não podia. Não podia atrasar, não tinha mais como faltar, a escola ia cortar o Bolsa Família, eles iam perder o leite, sua mãe iria endoidar. Levantou, colocou a primeira calça que achou, a camiseta amassada do dia anterior que estava largada sobre a cadeira, pegou o agasalho de moletom e o material sem conferir e saiu batendo porta, portão. Foi correndo, mochila nas costas. Quando já estava perto, pra encurtar caminho e não contornar o quarteirão, ajeitou o caixote de feira que estava encostado ao muro da escola, subiu. Não alcançava. Pulou, pulou, as unhas raspando sobre o muro. Um senhor que estava indo trabalhar olhou a cena, achou curioso.

- Quer ajuda, meu filho?

Gigante fez que sim com a cabeça. O senhor apoiou as costas sobre a parede, com as mãos entrelaçadas fez o calço; ele colocou o pé e num impulso subiu raspando a barriga, se apoiando. O outro lado parecia uma imensidão, o muro por dentro - e de cima - dando a impressão de ser mais alto do que de fora. O chão lá embaixo, loooooonge. E meio verde, amarelando, de um mato seco. Gigante respirou fundo, contou até três, fechou os olhos e pulou, meio desajeitado e caindo.

- Au!

Uma coisa espetou bem na sua bunda, que ficou dolorida. Curioso como sempre, vasculhou, vasculhou embaixo daquele mato e: achou. Quando ele viu, não

rodrigo ciríaco

acreditou. Seus olhos faiscaram. Um brinquedo. Novo. Quer dizer, usado. Uma parte enferrujada, outra descascando. Um caninho longo, prateado. E um gatilho.

- Ah, muleque!

Gigante sorriu.

Olhou para os lados, não havia ninguém ali próximo. Muquiou o brinquedo dentro da mochila, debaixo dos cadernos, bem protegido e foi correndo pro portão da entrada das salas. Já eram quase sete e dez, a tia tava fechando. "Pérai, pérai, tia." Gigante entrou.

Na sala, chegou já suado. A roupa amarrotada, mas o rosto cheio de empolgação. Quando sentou, sacou logo caderno, caneta e lápis, ajeitou tudo em cima da carteira e colocou a mochila em cima do seu colo e ficou esperando a professora entrar. Os colegas na porta da sala chamando por ele:

- Ô, DiMenor, chega aí pra vê o jogo novo que baixei.
- Vô nada.
- Chega aí, Mano. Da hora a parada.
- Vô não - insistiu. Os colegas estranharam, Gigante sempre curtia os corredores, era um dos últimos a entrar, depois de quase a professora e os inspetores o arrastarem. Mas lá estava ele, firme em seu lugar na sala.

- Aê, Gigante, tô te estranhando, hein. Que vontade de estudar - os colegas ainda zoaram.

E partiram. Ele fingiu que nem escutou. E ficou lá, fingindo que lia o texto que a professora passou, fingindo que tentava responder os exercícios, fingindo que prestava atenção nas três aulas que se seguiram mas o pensamento tava longe. Na verdade, bem próximo. Sobre o seu colo. Só pensava em como e quando ia usar o seu novo brinquedo.

No intervalo, como sempre – porque não teve jeito, a fome cantou mais alto – saiu correndo da sala e já foi pra fila da merenda. Mas não descuidou da mochila. Os moleques do segundo ano do Ensino Médio que adoravam sacanear os "merendeiros" depois de comprar seus lanches e refrigerantes na cantina passaram pela fila. Viram Gigante com a mochila nas costas. Riram do mochileiro na fila da merenda. Chamaram outros, juntou uma banquinha e um deles foi por trás, abaixou, passou os braços em torno de Gigante e o levantou. Ele batendo as penas no ar, pedindo "para, para". Os rapazes deram uns dois giros com ele e soltaram. "E aí, Gigante. Vai acampar?". Tiraram um sarro. Gigante ficou bem bravo com a provocação, bufando. Mas nem respondeu. Pensou no seu novo brinquedo na mochila e, no seu íntimo, sorriu.

Pouco antes do sinal da saída, começou a fingir que estava passando mal. Enjoado, com dor de cabeça. O professor de História olhou com suspeita para aquelas dores. Mas como não era médico e já tinha escutado que o garoto estava irreconhecivelmente comportado naquele dia nem se preocupou em deixá-lo sair um pouco mais cedo da sala e aguardar o sinal da turma no pátio. Gigante quase nem se aguentou de alegria assim que passou da porta da sala. Correu, encostou em um canto perto da saída, abriu a mochila. Sim, não era sonho. O brinquedo estava ali. Reluzente. Parecia até que brilhava. De impor respeito em qualquer moleque da sua idade, da sua quebrada. Ele se sentiu feliz como há tempos não ficava. Aquilo não era como catar uma pipa na rua, baixar um novo aplicativo. Aquilo era... Nossa, não tinha nem coragem de pensar alto. Vai que alguém ouve. Aquilo era chapado. Sinistro.

Quando o portão se abriu, foi o primeiro a ganhar a rua. Nem esperou o irmão, foi correndo pra casa. A mãe e o padrasto trabalhando, seu irmão lerdo como só ele era, voltando com a galera, tocando campainha das casas, bagunçando, ia demorar. Ele teria um tempo sozinho pra sacar finalmente o brinquedo da mochila e analisar com detalhes cada parte da sua nova aquisição. Chegou, tirou o tênis e o agasalho, deixou pelo caminho da cozinha, mochila debaixo do braço, foi para o quarto. Entre a cama de solteiro que dividia com o irmão e a cama de sua mãe, ele sentou. Respirou fundo. Apesar da ansiedade, queria curtir cada momento. Abriu o zíper com cuidado. Tirou caderno, livro, estojo. Ele apareceu: brilhante aos seus olhos. Gigante enfiou o braço, sacou com cuidado o motivo de sua euforia. Ficou olhando, admirado. Nunca tinha visto um daquele tão de perto.

"Será que mostro pro Ju? Não, ele vive falando dessa parada, vai querer tomar de mim. Ou vai falar pra mãe que eu peguei de alguém. Apesar de que a mãe não ia acreditar. Uma pelo meu tamanho. Outra, que ninguém perde um brinquedo desse e deixa quieto. Vou mostrar nada não. Vou deixar muquiado, escondido. Meu segredo".

Gigante alisava o brinquedo. Observava o desenho, a forma, as cores. Além do gatilho, o que mais lhe chamava a atenção era o cano longo, comprido, que havia sobre a parada. Prateado, lustroso. Tinha um descascado aqui e ali, mas sim: era novo. Apontou o cano na direção do seu rosto. Apertou o olho esquerdo e foi aproximando o direito dentro do buraco. Estava escuro. Cheirou. "Será que ainda tem alguma coisa aí?", pensou. Passou o dedo. Olhou de novo. Nem percebeu que o seu polegar estava parado, dedo apoiado sobre o gatilho do objeto. Notou menos ainda a chegada do irmão que estranhando o comportamento do "mais novo" durante toda manhã, chegou de fininho, nas pontas dos pés na porta do quarto. Abriu a porta com tudo e gritou:

– Quê que cê tá escondendo hein ô, muleque!

Gigante se assustou, apertou o pequeno gatilho com força, que disparou:

– Sguiiiiiiiiiiiiiiiiiiiiiiiiish!

Ainda havia água no reservatório do caminhão de bombeiro. Gigante ficou com a cara toda molhada. O irmão quase se mijou de rir do susto que o irmão levou e da cena. Só parou quando viu o quanto da hora era o brinquedo. Tinha sirene, buzina e até uma escada Magirus, igualzinho ao caminhão de verdade que eles viram quando eram bem pequenos e, na sintonia que só os gêmeos possuem ficaram ambos hipnotizados com o caminhão e sua potência, o barulho que fazia ao trafegar e a sua saga: salvar pessoas. Aquele brinquedo era tão vivo, tão fresco em suas memórias. Carecia de dono e atenção, principalmente pelos detalhes de cores, luzes e faróis, além, é claro, do caninho longo, prateado e moldável, que servia como mangueira retrátil.

De alma lavada, Gigante nem brigou com o irmão pelo susto. Colocou o brinquedo embaixo do braço e foi pra rua brincar. Estava feliz. O caminhão estava funcionando. Era quase novo.

o
aluno
que
só
queria
cabular
uma
aula

sacolinha

ALI, NAQUELE PÁTIO, NENHUM DOS ADOLESCENTES acreditou no que viu. Foi incrível. O Tedy subiu no bebedouro e, com um pulo, se agarrou no madeiramento que sustenta a cobertura do pátio da escola. Rapidamente empurrou uma telha e saiu pelo buraco.

As crianças que viram aquilo correram afobadas para avisar ao inspetor de alunos. E, quando Tedy estava se preparando para descer do telhado e ganhar a rua numa total liberdade, cá embaixo já praguejava o carrancudo e temido diretor.

- Seu moleque dos diabos, tá pensando que vai conseguir fugir assim é? Desce logo daí que eu vou chamar a polícia.

Não. Tudo menos a polícia, com ela viriam os vizinhos, os curiosos e os pais de Tedy. A mãe ainda perdoaria, mas o pai?

Iria mesmo acabar com ele naquele dia, de tanto cabo de vassoura e fivela de cinto no lombo. E tudo isso depois de beber no bar da esquina, como fazia todas as vezes em que ia bater nele.

Tudo menos a polícia. Seria um barraco total.

Ele já pensava em descer, mas aí viu que o estacionamento da escola estava sendo ocupado pelos alunos curiosos que escapuliam do intervalo.

"Se eu descer agora, o diretor vai me humilhar na frente dos meus colegas" - pensou.

E começou a lembrar o porquê de ter feito aquilo.

"Ah, é tudo culpa da professora de Matemática, aquela cobra que fica pegando no meu pé, me chamando de burro, que me olha com nojo e que nem chega perto de mim".

A aula depois do intervalo seria dela, e Tedy, não querendo passar por tudo que passava com ela, resolveu fugir da aula, já que não podia ficar fora da sala e muito menos ir embora antes de bater o sinal do meio-dia. Um suplício para ele que só queria uma atenção da professora no seu lento aprendizado.

Lá embaixo, formava-se um batalhão de pessoas, gente de fora da escola que se juntou com o diretor, o inspetor e os alunos a pedirem para ele descer. Foi aí que chegou a primeira viatura.

- Filho da puta - falou Tedy consigo mesmo.

E já ia se levantando quando escorregou e rolou alguns metros no telhado sob os gritos da plateia que assistia tudo lá debaixo. Por sorte conseguiu se segurar numa telha.

Machucara o braço esquerdo, estava mole e sem movimentos. No rosto apenas um arranhão.

O diretor conversava e gesticulava com os policiais, apontando para o telhado. Tedy não conseguia ouvir, mas sabia que o diretor estava "fazendo a sua caveira para os home", gíria usada para descrever quando um está difamando o outro para a polícia.

Lá na ponta da rua vinha sua mãe, dona Ione, correndo aflita em direção à multidão no estacionamento da escola.

sacolinha

Tedy sentiu um frio na barriga. Dali a pouco alguém ligaria para o serviço do seu pai e contaria o acontecido.

– Tudo isso por causa daquela jararaca – falou para si novamente.

E de repente alguém gritou no meio das pessoas lá embaixo:

– Não pula menino, você ainda tem muito o que viver...

É claro que essa ideia não havia passado na cabeça dele, que só queria ficar lá até achar um meio de escapar daqueles rostos que sorririam da humilhação que iria passar.

Lembrou de um escritor do seu bairro que tinha dado uma palestra na escola. Queria usar as palavras dele e dizer que aquela professora não presta, e o diretor é como se fosse um carcereiro de um presídio perigoso. Queria dizer que a merenda é ruim, e que são tratados ali apenas como números.

Tedy tinha tudo isso na cabeça, mas não era como o escritor e não conseguiu formar sequer uma frase para começar o seu discurso revolucionário.

Escutou ao longe a sirene de um carro de bombeiro, que cada vez se aproximava mais. E nem ficou surpreso quando um carro grande e vermelho estacionou violentamente na calçada da escola.

Sentiu um nó na garganta muito apertado. Muita gente, curiosos, vizinhos, alunos, amigos da escola e da rua, professores, diretor, a própria professora que lhe chamava de burro, sua mãe, a polícia... E o bombeiro? Tudo aquilo ali só por que ele não queria ficar na aula de Matemática?

E foi aí que passou uma ideia sinistra na sua cabeça de 13 anos. E então uma paz gostosa voltou aos poucos a reinar dentro dele. Não dava mais ouvidos aos murmúrios vindos lá do estacionamento. Uma alegria tomou conta de Tedy; tipo aquela alegria depois de empinar pipa a tarde toda, entrar em casa, sentar na frente da TV com algum colega, e comer pão com manteiga acompanhado de um café bem doce, enquanto a sua mãe dá uma bronca porque não lavou as mãos. Alegria tipo aquela de rodar pião a tarde toda, sabendo que de noite ainda vai fazer uma fogueira com toda a molecada da rua onde mora.

Só não queria a tristeza de ser humilhado por todo aquele batalhão de gente, não queria ser preso, não queria mais ter aula com aquela professora, não queria levar xingo do diretor e muito menos ser surrado pelo pai bêbado. Ele só queria cabular uma aula, apenas isso. E na sua cabeça pensou em acabar com tudo aquilo, apenas um ato e toda aquela amargura sumiria junto com o nó da garganta. E só dependia dele, ou ser humilhado ou ter as pessoas chorando em cima de si. Escolheu a última opção.

Se lançou no ar rumo a liberdade, tendo pelo menos aquele pequeno instante de felicidade, instante em que sorvia o ar que vinha de encontro ao seu rosto de criança que ainda não aprendeu a viver.

— Nãããããããããããããããããão.

E todos ficaram horrorizados com o grito da mãe de Tedy, que uivava como um animal em cima do corpo do filho, que tinha um sorriso discreto na face. Apenas ela chorou naquele instante eterno. Chorou em cima do corpo do menino que só queria fugir da professora de Matemática.

tentação
buzo

NA RODA DA FOGUEIRA QUE NUNCA CRESCE E NUNCA apaga estão Matraca, Coelho e Cezinha, eles comentam sobre o Júnior com saudades...

Júnior foi morar na favela Córrego Tijuco Preto quando tinha apenas um ano de idade; lá cresceu e viveu sua curta e intensa vida.

Foi uma criança comum de favela, que corre descalça por ruas de terra, que solta pipa, que brinca de pião, bolinha de gude, esconde-esconde e os primeiros beijos numa garota foi brincando de beijo, abraço ou aperto de mão. O Tijuco Preto até hoje em pleno ano 2004 tem sua rua principal sem asfalto.

Júnior foi um aluno relativamente bom, mas parou de estudar na sétima série, preferiu trabalhar e ajudar na sua casa que era ele, uma irmã mais nova, pai e mãe. Dos 13 aos 16 anos trabalhou de *office boy* numa advocacia no centro de São Paulo e só saiu de lá para ganhar mais como auxiliar de escritório numa metalúrgica em Guarulhos, lá trabalhou numa boa por um ano. Até que um dia...

Sumiu um pacote contendo dois mil reais que seria parte do vale dos funcionários naquele dia 20 de agosto. Ninguém o acusou diretamente e nem podiam provar nada, mas todos mudaram de atitude com o Júnior, só podia ser o favelado que roubou o dinheiro e duas semanas depois do fato ele foi despedido.

Saiu de consciência traquila e revoltado; seria injustiçado mas nunca um caguete, só ele viu quando a secretária Simone, que é de confiança do patrão, pegou o pacote e voltou do almoço sem ele.

Com o dinheiro da indenização Júnior ajudou seu pai que estava construindo o último cômodo de alvenaria, definitivamente eles não moravam mais em barraco. O restante foi gastando, gastando, até que acabou. Como estava com 17 anos não conseguiu emprego nenhum, a fase do Exército quebra as pernas de vários jovens.

O tempo foi passando e Júnior já não andava bem vestido como antes, já não convidava mais as gatinhas da escola para um cineminha como fazia, faltava grana, e cada dia mais ele foi se viciando na rotina dos desempregados da favela: jogar bola e fumar maconha.

Acorda às dez, café, pão e rua.

Na quadra da escola tem futebol ou basquete o dia todo, sempre com um baseado rolando na lateral.

Já com 18 anos e a reservista na mão, ele passou a procurar emprego mas não clareava nada, ia toda segunda e terça; na quarta quando tinha grana, não é barato procurar um trampo. Com o tempo só ia agora de segunda, mas parecia incrível, não conseguia arrumar nada, o desemprego cada vez maior e ele no meio dessa bola de neve.

Mas ele não podia nem queria continuar naquela situação, em casa já havia bastante cobrança, ele queria sair, namorar e comprar uma moto que era seu sonho

alessandro buzo

de consumo, mas como, desse jeito que estava? Resolveu aceitar o convite do Mosca e partiu para seu único assalto, roubaram uma lotérica num dia de megassena acumulada, rendeu mil e trezentos para cada um. Deu trezentos em casa dizendo ter feito um bico, gastou duzentos em miséria com os amigos e investiu os outros oitocentos no seu futuro, quinhentos em cocaína e trezentos em maconha, montou sua microempresa, uma biqueira de drogas.

Como era bastante conhecido ele prosperou rápido, todos sabiam que no Tijuco tinha da preta e da branca, logo passou a ter *crack* também e em pouco tempo Júnior tinha sua sonhada moto, depois veio carro e mulheres, qual ele escolhesse, muitas baladas nos motéis com várias gatas, essa era sua vida agora, bastou ter peito e partir pro arrebento.

Hoje não faz a venda direta, tem um funcionário do dia e outro da noite, só abastece e colhe os lucros, até... Pneu, que é seu funcionário da noite, foi preso e os home chamou pro acordo, queriam dinheiro para não levar em cana e não apreender a mercadoria e queriam um pedágio todo mês, era o início do fim...

Cada vez os polícia queriam mais dinheiro e Júnior já não tinha tanto lucro pagando fornecedor, funcionário e os home.

Resolveu que a biqueira trocaria de lugar e não faria mais o pagamento, o que tinha de dinheiro investiu em armas, passou a ser procurado, ou melhor, jurado de morte.

Uma dezena de vezes ele fugiu por pouco, até que um dia foi caguetado, e o barraco onde se escondia foi cercado, chovia fraco, uma garoa, a polícia invadiu atirando, Júnior foi atingido várias vezes e morreu. Aquele que foi injustiçado mas não caguetou, foi caguetado, aquele que procurava trampo e não achava foi assassinado.

Na rodinha em volta da fogueira todos lembram dele com saudades e são unânimes, ele não era do crime, caiu em tentação.

alessandro buzo

polícia
ladrão

**marcelino
freire**

PARECE CRIANÇA, NANDO. ESQUECE ESSA ARMA, VAMOS conversar. Antes do pessoal chegar. O pessoal já vem. Eu aviso para a sua mãe que tudo acabou bem.

Esse tiro na perna não foi nada. Não adianta ser teimoso, cara. Lembra? Quando a gente montava em cavalo de vassoura. Voava do telhado. Entrava dentro do quadrado da escada. Ali, a gente guiava o nosso carro. Dentro da escada, entre os degraus da escada, lembra?

Por favor, deixa essa arma largada, vamos conversar. Me ajuda a lembrar: o dia que a gente foi roubar a dona da padaria. Era muito chata a dona da padaria, por isso a gente foi lá.

Era noitinha. Você sabia como entrar na padaria porque o seu tio trabalhava de confeiteiro, lembra? Os bolos que ele fazia e que a gente comia? Até que desconfiaram que ele tava fazendo bolo para bandido. Esconder 38 na rosquinha de coco. Seu tio quase foi preso, coitado. Que molecagem, lembra? Que assalto!

A gente conseguiu entrar pela garagem, me parece. A gente chupou picolé, comeu bolachas.

Maria. A gente tomou guaraná e mascou chiclete. A gente nem queria sair mais de lá. A gente pegou moeda. Tudo porque a gente não gostava da dona da padaria. Ela sempre dizia que a gente roubava alguma coisa: um pirulito. Bala na maior cara dura.

A gente não tinha ainda essa cara dura que ela dizia, não tinha. Por isso que você teve a ideia da gente virar ladrão de verdade. E ir à padaria, no outro dia, só para olhar o desespero da broaca. Lembra? Serviço de gente grande, ela nem desconfiaria. A gente entrou de máscara. Feita de jornal. E a gente levou um apito junto. Para que era mesmo o apito, Nando?

Fala, Nando. Escuta: a gente é amigo desde muito tempo e não pode ficar aqui, brigando. Você é teimoso demais, Nando. Sempre foi. Lembra?

Quando pulava na lama só para fugir da escola. O seu negócio era jogar bola. Eu nunca fui bom de bola. Gostava era de te ver jogando e driblando. Eu torcia por você, Nando, sempre torci. Todo mundo tinha medo de você em campo. Não sei. As coisas se complicaram depois que seu pai morreu. Depois que incendiaram o barracão. Bateram na sua mãe. Corri lá para ver se você escapou do fogo.

Ali, sim, você ganhou uma cara dura, de demônio. Saindo do fogo e chorando. Chorando muito. Alguma coisa fumaçando no peito, sei lá. Eu entendo.

Eu só não entendo a gente perdendo tempo com essa intriga. Daqui a pouco o pessoal chega, Nando. Porra, há quanto tempo! Não era bem assim que eu queria te encontrar. Os dois aqui, deitados, como naquele dia. Logo depois do roubo da padaria. A gente ficou em cima da laje, de barriga cheia, imaginando como seria a vida em outros planetas. Lembra? Se existiam favelas em outros planetas. Se era legal morar na Lua.

marcelino freire

Porra, Nando, não complica. Parece criança. Já falei para você esquecer, não adianta se arrastar na grama. Já perdemos muito sangue, Nando. Para que apontar essa arma para a minha cabeça, amigo? Não aponta.

balaio

marçal
aquino

APARECERAM DOIS CARAS ESTRANHOS NO BAIRRO, TI-rando informação sobre o Tiãozinho. O pessoal se fechou. Não demorou e vieram falar comigo, sabiam que eu tinha andado com o Tiãozinho muito tempo.

O começo foi manso. Eu estava jogando balaio com uns chegados quando os dois entraram no bar. Balaio é um tipo de truco que inventamos, mais agressivo, que dava ao vencedor o direito de ser o primeiro a atirar no próximo sujeito que a gente fosse derrubar. Eles me chamaram de lado, abriram cervejas. Sentei com eles. Explicaram que a ficha do Tiãozinho era encomenda de um grandão da Zona Norte. Não sabiam o motivo.

Eu disse que assim ficava difícil.

Um deles comentou que talvez o grandão quisesse as informações para decidir algo positivo em favor do Tiãozinho. Tinha a pele cor de pastel cru. Parecia uma dessas pessoas que nunca comem carne.

O outro era preto. Três rugas no rosto: duas quando ria, ao redor da boca; a outra aparecia na testa, na hora em que ficava sério. Impossível saber a idade dele.

O branco prosseguiu aventando: Quem sabe o Tiãozinho não está pra assumir uma posição importante com o homem?

O preto emendou: É, e se ele estiver pra casar com a filha do homem? O Tiãozinho não seria capaz de um negócio desses?

O grandão é bicha?, eu perguntei.

O preto: Não, claro que não.

E o outro: Por quê?

Porque o Tiãozinho é capaz de qualquer coisa, eu disse. Inclusive de estar casando com esse grandão aí.

Os dois riram. O que foi bom: vi que o pessoal, que continuava firme no jogo, deu uma relaxada. Perceberam que era conversa amistosa.

Essa é boa, o branco ainda ria. E o que mais você pode contar sobre ele?

Mais nada, eu falei. Me digam o motivo ou então a gente pode mudar de assunto.

Eles se olharam, contrariados. O branco pareceu sentir mais o golpe. Era aquele tipo de homem que adora ser contrariado – em casa, no trabalho, no trânsito, em todo lugar. Só para poder explodir.

Foi ele quem falou, se controlando: Bom, então acho que temos um problema aqui. Um problemão.

O preto tentou amaciar, a ruga atravessada na testa: Você podia facilitar as coisas pra todo mundo. Veja bem: temos ordem até de pagar pelas informações se for preciso.

Batuquei com as unhas no copo de cerveja. Fazia muito tempo que eu não via o Tiãozinho. A última notícia era que ele andava amigado com uma dona asmática, que ele quase matava todas as noites, porque nunca sabia se ela estava gozando ou tendo uma crise de falta de ar.

marçal aquino

Os dois esperaram, achando que eu considerava o lance do dinheiro. Mesmo jogando no campo do adversário, pareciam seguros. Era uma noite fria e ambos vestiam casacos. Dava para adivinhar que estavam armados. Com coisa pesada.

Acho que vocês deviam dar outra volta pelo bairro, eu disse. Talvez apareça alguém disposto a vender alguma informação.

Você está complicando um negócio simples, falou o branco. Em vez disso, podia ganhar um bom dinheiro.

Vamos fazer o seguinte, eu disse e me curvei, apoiando os cotovelos na mesa. Vocês descobrem por que esse grandão quer as informações sobre o Tiãozinho e voltam aqui pra me contar. Aí eu falo de graça, que tal?

Tenho uma proposta melhor, o branco colocou sal no meu copo e mexeu com o dedo. Você vai com a gente e conversa direto com o homem lá na Zona Norte. Eu prometo que depois a gente traz você de volta direitinho.

Eu ri: Não vai dar. Eu odeio sair do bairro.

Você vai com a gente, o preto disse e tirou as mãos de cima da mesa.

Foi um gesto rápido, muito rápido. Se tivéssemos gente assim do nosso lado, eu pensei, nossa vida ia ser bem menos complicada. Olhei para ele com atenção e me descuidei do outro. E era exatamente o que esperavam que eu fizesse.

Percebi isso quando o branco se mexeu, a mão sob a mesa, e falou: Tenho uma 45 apontada para a sua barriga. Não tem jeito de errar.

O Tiãozinho deve estar metido em algum rolo muito grande, eu disse. Ou então vocês dois são meio malucos.

As mãos do preto continuavam debaixo da mesa. Na certa, com duas armas também apontadas para mim.

Nós vamos sair daqui bem devagar, o branco anunciou. Você vai na frente, com muita calma, e é bom não fazer nenhuma besteira.

Eu permanecia apoiado na mesa e não me mexi. Disse a eles que bastava eu tossir para que aquele pessoal todo puxasse as armas.

Vou levar um monte de gente comigo, o preto disse. E você será o primeiro.

Uma vez, quando era mais novo, vi um sujeito abrir caminho à bala num puteiro cercado pela polícia. Foi a única vez que vi alguém atirando com duas armas ao mesmo tempo. O cara tem que ser muito bom pra fazer isso. Aquele sujeito era e conseguiu furar o cerco.

Vou pedir a conta, o branco avisou. Daí, a gente vai sair na boa, combinado?

Eu endireitei o corpo, mantendo as mãos sobre a mesa. O preto acompanhou meus movimentos com atenção. Ouvi o ruído quando ele puxou o cão dos revólveres.

Você tá armado?, ele perguntou.

Estou, eu menti.

marçal aquino

Atendendo ao aceno do branco, Josué veio até a mesa e informou o valor da conta, satisfeito. As mãos do branco reapareceram, segurando uma carteira marrom. Enquanto ele escolhia as notas, olhei para Josué, que sorriu para mim.

Era um bom sujeito, costumava ajudar muita gente da comunidade. Às vezes, quando nossos jogos avançavam até tarde da noite, Josué ia para casa e deixava a chave, recomendando apenas que a gente não esquecesse as luzes acesas ao sair. Eu gostava dele. Lamentei que as coisas se complicassem justo no seu bar.

E elas se complicaram mesmo. Mas não do jeito que eu esperava.

A viatura estacionou na porta do bar e os quatro policiais entraram, olhando primeiro para o pessoal que jogava balaio e depois para a mesa em que a gente estava. Três deles usavam sobretudo e carregavam escopetas. No comando, um tenente que eu conhecia de vista. Gente boa.

Ele interrompeu o jogo e mandou que todo mundo se colocasse com as mãos na parede. Pensei que o tempo ia fechar: ali dentro tinha mais armas do que na vitrine das lojas de caça do centro. Os rapazes obedeceram, movendo-se com lentidão. Estavam esperando algo. Uma fagulha.

Quando o tenente se dirigiu a nós, eu me levantei da mesa e me juntei aos meus companheiros. O branco e o preto não se mexeram. Ambos estavam com apenas uma das mãos sobre a mesa. O tenente achou aquilo curioso e avaliou a situação por alguns instantes. Um dos policiais afastou-se em direção à porta, procurando um ângulo mais favorável.

Gostei da cena. Claro que armamento grosso serve para dar confiança a um sujeito. Mas eu nunca tinha visto caras tão frios como aqueles dois. E pelo jeito nem o tenente, que recuou lateralmente e colocou a mão no coldre.

Josué sorriu para ele e disse: Não precisa nada disso, tenente. Conheço todo mundo, é gente daqui do bairro.

O tenente cuspiu o chiclete que mascava e perguntou: E esses dois?

Conheço eles também, tenente, Josué falou. São amigos.

O preto mantinha a vista baixa, evitando encarar o tenente. O branco olhava para lugar nenhum. Ia explodir a qualquer momento.

O tenente ainda analisou os dois por mais alguns segundos. E então relaxou.

Você tem visto o Tiãozinho?, ele perguntou a Josué.

Tem tempo que ele não dá as caras por estas bandas, Josué disse. Deve estar circulando em outra área. Ele aprontou alguma?

Estamos na captura dele, o tenente fez um gesto para os policiais e eles baixaram as escopetas.

Tiãozinho devia mesmo estar metido em algum lance muito grande, eu pensei. O tenente colocou outro chiclete na boca, olhou mais uma vez para a dupla na mesa e para nós. Daí saiu, acompanhado pelos policiais.

No exato momento em que a viatura arrancou, os rapazes puxaram as armas. Os dois continuavam imóveis, as mãos ocultas pela mesa. Ia começar a queima de fogos.

Pedi que Josué saísse e baixasse a porta do bar. Ele fez isso, depois de lançar uma expressão triste para o balcão e para as garrafas nas prateleiras.

Magno, que estava ao meu lado, me entregou um dos revólveres que carregava, um 38. Éramos quatro contra os dois.

Como é que vai ser?, eu perguntei.

O preto trocou um olhar rápido com seu companheiro.

Por mim, a coisa já tá resolvida, ele disse. Você ouviu: a polícia vai cuidar do Tiãozinho pra nós.

O branco sorriu.

Mas se você quiser partir pra festa, ele disse, nós topamos. Vai ser um estrago bem grande.

Eu sabia que bastava um movimento brusco e os dois se levantariam atirando. Então baixei o revólver com cuidado e disse:

Ninguém vai ganhar nada com isso. Vamos fazer um trato: vocês dois saem sem problema e nunca mais aparecem por aqui.

O preto ainda tripudiou:

O que você acha?

O branco continuava sorrindo.

Me parece justo, disse. Assim, ninguém abusa de ninguém.

Eu avisei aos rapazes que os dois iriam sair e que a gente não ia fazer nada. E caminhei até a porta, para abri-la.

Os dois sairiam e provavelmente nunca mais botariam o pé naquele bairro. Mas eles eram profissionais e com esse tipo de gente convém não facilitar. Por isso, a um passo da porta, eu parei e alcancei o interruptor, desligando as luzes do bar.

O tiroteio durou meio minuto, se tanto. Quando reacendi as luzes, o preto estava com a cabeça tombada numa poça de sangue sobre a mesa. O branco caíra para trás, arrastando junto sua cadeira. Eu me aproximei e vi que, apesar de estar com um ferimento feio acima do olho direito, ele ainda gemia. Mirei na cabeça e puxei o gatilho, mas as balas do revólver tinham acabado. Um dos rapazes me empurrou para o lado e completou o serviço.

O que vamos fazer com eles?, Magno perguntou.

O de sempre, eu falei.

Olhei o sangue espalhado pelo bar. Eu não queria que o Josué tivesse motivo pra se queixar da gente.

Vamos lá, eu disse. Depois ainda temos que voltar aqui pra fazer uma boa faxina.

marçal aquino

maco
desce
o
morro

**victoria
saramago**

TEVE UM DIA QUE EU SUBI O MORRO, COMO SEMPRE fazia. Encostei o carro, ainda era início da noite, tinha muita água para rolar. A boca de fumo ainda estava bem vazia, como eu preferia mesmo. Um cara tinha me encomendado uma quantidade maneira de pó para ele e os amigos, acho que era um pessoal que ia viajar, algo do gênero. Sei que quando descesse para o Esco-Bar e os encontrasse, caralho, ia rolar uma grana preta. Comprei bem rápido, confiante: nego arregala os olhos com tanto dinheiro. O tal do chefezinho que devia estar ficando com a Luana não estava por ali, o que me deixou bem mais tranquilo.

Fui descendo o morro numa boa, aquela ladeirinha, as casinhas no entorno e tudo vazio, meio escuro. Quando a gente vai de carro parece que essas coisas meio que não existem, que é só um grande buraco que separa a boca do resto da cidade. Mas eu dirigia devagar, não tinha por que ter pressa, ia reparando no que passava pelo caminho. Ia ter baile naquela noite; volta e meia aparecia alguém subindo o morro a pé. Nem sei se iam para o baile ou para a boca, ou para nenhum dos dois. Tem gente que sobe a pé, assim, na maior. Que nem eu há algum tempo, só que aí era sempre para comprar pouco. Imagina se hoje em dia eu ia ficar andando na rua com essa quantidade de pó. Mas aquele pessoal, sei lá, nego vai mesmo e não quer nem saber. Continuei olhando, era engraçado. Umas garotas com cara de classe média, sozinhas, deviam estar indo para o baile. Nem sabia quem eram, nunca as tinha visto. Pensei até em falar com elas, vai que conheciam a Luana. Porque vou te dizer, Nuno, eu tinha uma vontade filha da puta de ver a Luana naquele dia, era capaz até de passar na casa dela, de perguntar para minha prima onde ela estaria. Às vezes é inútil tentar controlar.

Desci mais um pouco, sem pressa. Tinha tempo até a hora que eu marcara com a galera do EscoBar. Continuava escurecendo e agora só dava para ver pouca coisa, os vultos das pessoas passando meio indiferenciados pelo meu carro, ainda que eu mesmo prestasse atenção, vendo a Luana em todos os cantos, procurando a Luana em cada um que cruzava o meu caminho, porque era só a Luana, porra, eu só queria saber da Luana, bem que ela podia topar comigo ali mesmo, subindo a pé como devia estar fazendo desde que eu parara de levá-la de carro aos bailes. A Luana sabe aproveitar as oportunidades, como talvez soubesse aproveitar a chance que eu, pensando comigo, estava disposto a lhe dar. Mas não aproveitou nada quando, dali a menos de três minutos, o que seja - e é tão engraçado como parece que a gente pode prever as coisas -, ela passou pelo meu carro, subindo a pé um dos trechos mais desertos, exatamente do jeito que eu tinha imaginado, sozinha, aquela calça da Gang apertada com o início da bunda para fora, o tipo de coisa que eu sempre estranhava nela, como conseguia usar aquelas roupas ridículas e continuar linda, sei lá, porque não combinava nada com o jeito dela, por mais gostosa que ficasse e mesmo que eu nunca tivesse reclamado no tempo em que estivemos juntos, a garota naquela vulgaridade, naquelas roupas de piranha – que no fundo ela era isso mesmo – e ainda assim tão linda, tão com cara de minha menina que caralho, Nuno, eu não tinha conseguido esquecer. Porque foi só bater os olhos nela para me dar conta disso, de que eu era tão a fim dela, sabe, tão amarradão, que não dava para fazer outra coisa além de mandar um foda-se para todas as merdas que ela me falara, pedir desculpa, sei lá, pedir mais uma chance, Luana, fica comigo de novo pelo amor de Deus, Luana, você não vê que eu gosto tanto de você, garota, vai ganhar o que dando para o cara da boca de fumo? Mas ela subia apressada, sem olhar para os lados, o jeito de medrosa que sempre fazia quando se via sozinha. Passou reto por mim, eu sem saber se realmente não tinha reconhecido o carro ou se se fingia de distraída. Freei de repente, os pneus cantaram de leve, ela não pôde deixar de virar a cara para o meu lado, de me ver saltar do carro e correr em sua direção, "Luana, peraí, Luana, quero falar contigo!", e eu não sabia se devia gritar daquele jeito, se estava botando tudo a perder, mas quer saber? A verdade é que pouco me importava a cara de constrangida que ela fez, como se quisesse acima de tudo livrar-se de mim, ou que me ignorasse e continuasse seu caminho apertando o passo, como de fato fez, pouco me importava que ela se vestisse da maneira mais escrota para ficar rebolando na frente de outro, para um cara desconhecido passar a mão na bunda dela, eu só corria e implorava para ela me esperar um pouco, "Luana, Luana, espera por favor!"

Alcancei-a uns dez metros depois. Mantinha o rosto baixo, parecia não ter coragem de me encarar.

– Vai para o baile?

– Vou.

Senti que tinha de ir direto ao ponto, que não adiantava ficar enrolando.

– O que aconteceu, Lu? Anda, me fala.

Mas ela permanecia inerte. Cheguei a pensar que estivesse chapada quando afinal virou de frente para mim, o seu olhar perdido e eu sem a menor ideia do que fazer.

– Nada, Maco.

– Claro que tem coisa aí, qualquer idiota percebe. Me conta.

Ela silenciou, e me deu tanta raiva, Nuno, um nervoso dela ficar paradona desse jeito, caralho, segurei-a firme pelos braços.

– Anda, Luana, fala logo, não me faz perder a paciência contigo.

– Me solta, Maco! – ela se libertou das minhas mãos, não forcei a barra. – Deixa de ser escroto, cai fora daqui.

victoria saramago

— Só saio quando você me der uma explicação. - a minha fala era dura.

Olhou à sua volta, como se buscasse alguém que lhe socorresse. Tudo deserto, tudo escuro. Eu continuava à sua frente, decidido a fazê-la me contar. Foi então que, como se checasse de novo se não havia ninguém - e aí me pareceu que o que buscava não era exatamente ajuda - chegou bem perto de mim, quase querendo me beijar, os olhos arregalados num sussurro:

— Me ferrei, Maco, saca? Estou fudida. Me entende por favor! - e tornando a se afastar - Não vou te falar mais nada, não precisa. E agora se manda daqui, é só o que eu te peço.

Ela então se virou novamente para o outro lado, suspirou e seguiu seu caminho. Continuei observando-a por algum tempo, como andava devagar e desesperançosa. A vontade que dava era de subir de novo na boca de fumo, entrar no baile, o que fosse, achar o maluco, enchê-lo de porrada, eu queria vingança mas era mais que isso, eu queria que a Luana voltasse a ser a minha Luana, que a gente voltasse a ir para os bailes todo fim de semana e se divertisse tanto quanto agora eu me desesperava de vê-la assim, melancólica, certamente indo para o baile do mesmo jeito que sempre fora, desde antes de eu conhecê-la, desde antes de tudo, as palavras reverberando na minha cabeça enquanto eu, na distância que me separava do carro, chutava as pedrinhas soltas do asfalto, fudida, Maco, te peço, cai fora, se manda, me ferrei, e quando finalmente bati a porta e pus as mãos no volante, quase chorando, me ferrei, Maco, só o que eu te peço, caralho, tudo escuro já, foi quando olhei o relógio, e me dei conta do tempo que passara, da galera que dali a pouco me esperaria no EscoBar, a grana que ia rolar, ia ser muito vacilo furar com eles, daí eu percebi que estava tudo acabado.

victoria saramago

coração
de
mãe

ferréz

ACORDEI NAQUELE DIA DECIDIDA, DOIS FILHOS E UMA situação lastimável. Que fazer? Esperar? Não! A situação exige ação.

A decisão foi tomada, a proposta era tentadora não aguentava mais ver eles saírem a noite para vender rosas, temia mais pela minha menina, era delicada e coisa mais linda eu nunca tinha visto. Exagero? Amor de mãe, né! Na verdade ela era simplesmente um encanto, um leve olhar de anjo, cabelos encaracolados, andar calmo e feminino, coisa que não se vê mais hoje em dia nas menininhas fãs dos Travessos, perda da inocência provocada pela Malhação e outros programas das senhoras emissoras, usurpadoras de sonhos e encantos infantis.

Mas minha pequena princesa na noite era nitroglicerina.

O menino apesar de ser mais novo, era mais esperto, corria a qualquer sinal de perigo; um homem numa noite, convidou-o para ir à casa dele, disse ser um advogado e que tinha muitos brinquedos para ele no seu apartamento.

Meu pequeno disse que só tinha que pegar um dinheiro num bar em frente, referente a umas rosas vendidas, o homem abraçou a ideia e deve ter ficado esperando um bom tempo, porque meu menino saiu pelos fundos do bar e fugiu.

Trabalho à noite é assim mesmo, muito arriscado, a maldade sempre está presente nas baladas, a madrugada é tipo uma navalha, eu sei já saí muito à noite, num tô falando de camarote, várias aventuras com minhas amigas, muitos homens da classe A, nós só devemos servir e respeitar.

Muitas das minhas amigas ficaram no meio do caminho, nunca saíram das ruas, eu não, sou sobrevivência. Me esquivei dessa vida, meu corpo é meu patrimônio, não vou beijar meu filho com a mesma boca que encosta em qualquer homem.

Fui a muitos bailes, foi num desses que conheci o César, eu devia ter me tocado que ele não era um bom sujeito quando me pediu seis meses depois para tirar nosso filho. Durante a minha primeira gravidez sofri muito, as outras foram sossegadas, onde come um comem dois.

Ele nunca gostou de preservativo; e sinceramente ninguém tinha condições de ficar comprando aqueles anticoncepcionais, nem se pensava nisso na verdade. Há muito ele se foi, tudo por causa de uma briga com o Gersão, um cara que dominava a área por aqui, ele gostava de dar uns tirinhos, ou seja era chegado numa farinha, e entrou em desentendimento com o Gersão por causa de uma dívida nessas noitadas.

Agora é a hora da ação, dividir um pãozinho em quatro partes não dá mais, condição lastimável é foda, no pique de fazê alguma coisa, a vida tá que tá apertada. Julgamento? Isso sempre vai existir, uns papinhos assim. "ela podia ter pegado uns trabalhinhos, ela podia catar latinha; hoje latinha tá dando dinheiro".

Mas não, num vem com essas, todo mundo quer as coisas, eu quero também, eu quero panelas cheias, eu quero ursinhos e carrinhos de controle remoto para eles, eu quero... sei lá se é isso que quero, tô cansada sabe? Ontem eu quase num comi nada, o dinheiro das rosas num deu pra nada. Só um saco de feijão.

Desde que aluguei na favela esse barracão, num sobra dinheiro prá nada, sou revoltada sim, a elite faz juz, escuto G.O.G. toda noite, um cantor de *rap* de Brasília que entende minha situação, eu quero ir na honestidade sabe? Mas tá ficando impossível, só num nota quem num qué. Até no *rap* poucos valorizam nóis as mulheres.

Meu vizinho quebrou o barraco dele inteiro, tentou se pôr fogo, todo mundo jogando água nele, coitado.

Eu tenho nojo e sei da maldita praga capitalista, que ilude os pobres todo dia no horário das nove, eu não assisto esse lixo, não compactuo com isso, tenho olhos só pros meus filhos.

Mas a decisão já tá tomada.

O vizinho continua trazendo parente, uma prima, um tio, outro primo; o verde na Bahia secou, luz de lamparina, ninguém aguenta mais sofrimento, e São Paulo continua iludindo, com uma antiga máscara de felicidade.

Mesmo com uma mesa vazia a gente ora, eu sei que Deus tá meio que esquecendo de nóis, mas num tenho o que fazê que ele me perdoe, eu sei que tá difícil, o outro lado só ganhando, mais e mais e mais. E nóis? Bom, de fome, de sede, a gente quase desmaia, pra que querer mais né? Dizem que a gente devia olhar o trigo, a bíblia tem um monte de coisa poética, mas não me dá a salvação, eu procurei por muito tempo, juro que procurei.

Pelo menos de desbarrancar o morro parou, parou as chuvas, parou o risco de deslizamento.

Eu sonhei ontem que um senhor chegava em mim, eu era bem pequenininha ainda, e ele dizia que a vida era uma dança, que a gente nascia e morria sozinha, mas no meio tempo tinha que dançar, e o difícil na vida era achar um bom par. O sonho acabava com ele dançando comigo, eu de vestidinho, lembro do detalhe das meias brancas, ele era tão doce.

Mas a decisão foi tomada, vou dançar com meus filhos hoje.

"me perdoem se fui fraca, mas vocês venceram, meus filhos nunca mais vão chorar, isso eu sei, vou com eles, vou dançar com eles, quem ler esse bilhete por favor entrega pro seu Osvaldo, o dono aí do açougue, que ele conhece minha irmã, diz pra ele dar o dinheiro da venda das coisas que tão no barraco pra ela, a gente num vai mais precisar, a gente só vai dançar agora."

Conto publicado na revista *Caros Amigos*.

ferréz

nervos

**ronaldo
bressane**

> Eu só sei que quando a vejo
> me dá um desejo de morte ou de dor.
> LUPICÍNIO RODRIGUES

VOCÊ SABE O QUE É TER UM AMOR, MEU SENHOR? ARÍLton chegou e esguelhou a mulher largada de fianco num fiapo de cama – sem coragem de encarar o corpo deformado de fome. Os ossos pareciam dedos apontando culpas, cobranças: olha o esqueleto em que você me deixou, puto. Na lua de mel, ela tão diferente das mulatas gostosonas da vila, lombriga orgulhosa. De brincadeira apelidou-a de "Miss Etiópia"; nunca minhocou que pudesse dar nisso. Pele e osso. O estômago lhe comia a estima, desfazia-se em lágrimas sem sal pela cara: *você sabe o que é ter um amor, meu senhor?*

Fechou a porta do barraco. A mulher dormia, sem força para puxá-la para fora do sono de sonhos órfãos. Ele, seu homem, dos mundos que tinha prometido só sobraram os cheques sem fundos. E um jornal amarelo tirado da camisa suja – o guia de empregos. Leu, revirou, mas suas mãos, inadimplentes, zonzavam pelas funções das páginas sem achar rima ou sinal: maquinista, encanador, frentista, vendedor, balconista. Nada vezes nada, nisso era douto. A cabeça doía. Como sair, pé rapado e carteira em pelo, mendigar um trabalho? Primário incompleto, boa aparência nem pensar, não era da idade certa, todos os documentos em desordem, parente importante ou amigos influentes esqueça. Arílton era uma ilha rodeada de zeros por todos os lados. E a fome mastigando – o buraco negro dentro fazendo aquele barulho de privada quando se dá a descarga. *Você sabe o que é ter um amor, meu senhor? Ter loucura por uma mulher?*

Uma barata ia passando – o único movimento no barraco isolado de todos os domingos. Ia passeando a barata, tempos em tempos, antenando qualquer resquício comível. Viagem inútil. Olho no inseto, Arílton não sentia nojo; compaixão, quem sabe. O marrom ambulante lembrava os sapatos do casamento, lustrosos, promissores. Tinha batido neles pelas ruas até arrancar as solas. O terno, vendeu. A aliança, empenhou. O bolo, arrotou. O vestido de noiva virou a cortina de uma vizinha. E até a barata foi embora – lenta, lateral, asas nos bolsos, envergonhada de entrar num lugar tão clandestino de pão. O barraco voltou a ser suspenso. Você sabe? Por acaso você sabe?

Ajudante, auxiliar, assistente. Arílton se coçava, cavava-se, impávido destroço: pra que servia? Em suas veias só ralavam dízimas – e ainda assim, periódicas. Escriturário, vigilante, lixeiro, guardete, enfermeiro, garçom, motoqueiro, recepcionista, meio oficial pintor. Viveu até hoje foi de teima, de orgulho, de acaso. Seu fazer era um abismo. Seu mistério, viver em queda livre. Absolutamente livre? Ali, encompridada na cama, o

ronaldo bressane

ípsilon da questão, a esfinge de vidro, o espelho em que não fazia a barba toda manhã, delatando o perdedor em tempo integral, fracassado com carteira assinada. Torneiro mecânico, técnico de processos, fresador ferramenteiro. Sem unhas, suavemente, quase espírito, suas mãos perseguiam um emprego feito barata atrás de resto. Guarda-costas, salva-vidas, bate-estacas. Não sabia até onde iria, até que porto aguentaria. O que o estraçalhava: entender como chegou a esse vexame. E por que ela nunca tinha largado dele? Por que a desgraçada sempre junto, acompanhando, enchendo seu prato de esperança, temperada com fé, amplificando, com seu amor, seu fracasso? Ora, a fé! Fresador, cronoanalista, lemista, caldeireiro, sondador, clicherista, conferente, extrusor. Coisas que de tão complicadas perfaziam sua cabeça em fumacinhas. O rosto da mulher dormindo era a coisa mais linda desse mundo – isso ele entendia, simples. Mas era uma boca. E vísceras e miolos e cabelos. Soltos numa enxurrada de maus pensamentos. Murchos peitos, miúda bunda, tísica buceta. *Há pessoas com nervos de aço, sem sangue nas veias, sem coração. Você sabe o que é ter um amor, meu senhor?*

Armador. Conciliador. Mandrilhador. Retificador. Desossador. Desossador. Desossador. Precisa-se, sem experiência. Mais nada. Sim. Isto ele era: toda inexperiência que existe. Ali havia uma ocupação! Conferiu a rua, o número. Perto, dava pra ir a pé, sem precisar pegar ônibus. Ofereciam mínimos; ótimo. Devia ser fácil, com um pouquinho de prática. Quem sabe ainda não tinham preenchido a vaga? Olhou a mulher, trêmulo, menino precisado de empurrãozinho. Andou até ela. Chegou de joelhos, silencioso. Tocou-a, leve, nas costas.

Frias. A mão gelada. Os lábios duros. Duro, o corpo todo. O corpo todo osso – pronto pro desuso, para a última embalagem. Ela não roncava mais – nem de fome. A garganta dele se partiu em duas. Precisava de um cigarro.

Abriu os olhos e a janela. Quanto tempo sem fumar um cigarro do próprio bolso? Algum bando de filhos da puta batucavam um pagode ali perto, ainda tinha que ouvir isso. Mas por trás dos escuros, de fora e de dentro, nascia a Lua cheia, imensa de dragões, alva. Pura. Perfeita – óssea.

Arílton assobiou ainda uma vez o velho samba que não saía da cabeça – por que só lembrava do comecinho? –, ele sabia. Doessem a cabeça, o estômago, o peito; mas isso, sim, ele sabia. Virou a mulher de frente, pernas e braços e olhos escancarados: pálida miração florada de veias roxas. *Há pessoas com nervos de aço* – ele era assim. Desossador. Uma ocupação, um adjetivo só seu, afinal. Devia ser fácil, com um pouquinho de prática. Alcançou a faca na pia. *Você sabe o que é ter um amor, meu senhor?*

ronaldo bressane

© Editora NÓS, 2015

Direção editorial SIMONE PAULINO
Organização PAULA ANACAONA
Projeto gráfico BLOCO GRÁFICO
Revisão DANIEL FEBBA
Produção gráfica ALEXANDRE FONSECA

Texto atualizado segundo o novo Acordo Ortográfico da Língua Portuguesa.

[Imagem de capa] Favela Morro dos Cabritos
LimeWave / Getty Images

1ª reimpressão, 2018

Dados Internacionais de Catalogação na Publicação (CIP)
(Câmara Brasileira do Livro, SP, Brasil)

Eu sou favela / Paula Anacaona
Vários autores
São Paulo: Editora NÓS, 1ª edição, 2015

ISBN 978-85-69020-00-4

1. Contos brasileiros - Coletâneas 2. Favelas - Brasil - Condições sociais 1. Anacaona, Paula

15-01381   CDD-869.9308

Índices para catálogo sistemático:
1. Contos: Literatura brasileira 869.9308

Todos os direitos desta edição reservadas à Editora NÓS
Rua Francisco Leitão, 258 - cj. 18
Pinheiros, São Paulo SP | cep 05414-020
[55 11] 3567 3730 | www.editoranos.com.br

Fontes
GRETA, FLAMA
Papel
POLÉN SOFT 80 g/m²
Impressão
IMPRENSA DA FÉ